Mimi, Paul & Chabichou

NICOLE GIRARD PAUL DANHEUX
ILLUSTRÉ PAR MICHEL BISSON

Les vacances de Mimi, Paul et Chabichou

Préscolaire

ÉDITEUR
ANDRÉ VANDAL

SUPERVISION LINGUISTIQUE
HÉLÈNE LARUE

DIRECTION ARTISTIQUE
ROBERT DOUTRE

ILLUSTRATION
MICHEL BISSON

LES VACANCES DE MIMI, PAUL ET CHABICHOU

ISBN 2-89114-276-4

Dépôt légal 4e trimestre 1986
Bibliothèque nationale du Québec
Bibliothèque nationale du Canada

Imprimé au Canada/Printed in Canada

34 5 00 99 98 97

Ce matériel est le résultat d'une recherche menée dans le cadre du Programme de perfectionnement des maîtres en français de l'Université Laval, à Québec. Sa réalisation a été partiellement subventionnée par cet organisme.

Nous, on est les enfants les plus heureux de la terre. Savez-vous pourquoi?

Eh bien, dans un mois, on part tous en vacances au bord d'un lac dans les montagnes.

On va faire des tas de choses dont on rêve depuis longtemps.

Sais-tu quoi? On les a écrites pour ne pas les oublier.

D'abord, on va se promener en canot.

Et puis, on ira dans la forêt cueillir des framboises géantes.

On ira aussi nager tous les jours . . .

sauf Chabichou, qui déteste l'eau comme tous les chats.

En plus, on a décidé de collectionner des fleurs sauvages.

On appelle ça: «faire un herbier».

Chabichou, lui, dit qu'il préfère collectionner les souris.
Il appelle ça: «faire ses emplettes».

Quand il pleuvra, on
mangera des gâteaux aux
carottes . . .

en regardant Chabichou danser sous les gouttes de pluie.

Dès que la pluie aura
cessé, on ira dehors
compter les couleurs de
l'arc-en-ciel . . .

et chanter avec les
grenouilles au bord du lac.
Mais ce n'est pas fini!

Quand on reviendra du lac. . .

on retrouvera nos amis au
parc.

On pique-niquera chaque jour, près de la fontaine.

Quand la fanfare viendra
faire de la musique. . . ,

on dansera autour des clowns . . .

et Chabichou fera mille
tours de magie.

C'est sûr qu'on va bien
s'amuser!
Vive les vacances!